GRöLS Verlage

„BÜCHER SIND WIE FALLSCHIRME. SIE NÜTZEN UNS NICHTS, WENN WIR SIE NICHT ÖFFNEN."

Gröls Verlag

Redaktionelle Hinweise und Impressum

Das vorliegende Werk wurde zugunsten der Authentizität sehr zurückhaltend bearbeitet. So wurden etwa ursprüngliche Rechtschreibfehler *nicht* systematisch behoben, denn kleine Unvollkommenheiten machen das Buch – wie im Übrigen den Menschen – erst authentisch. Mitunter wurden jedoch zum Beispiel Absätze behutsam neu getrennt, um den Lesefluss zu erleichtern.

Um die Texte zu rekonstruieren, werden antiquarische Bücher von Lesegeräten gescannt und dann durch eine Software lesbar gemacht. Der so entstandene Text wird von Menschen gegengelesen und korrigiert – hierbei treten auch Fehler auf. Wenn Sie ebenfalls antiquarische Texte einreichen möchten, finden Sie weitere Informationen auf www.groels.de

Viel Freude bei der Lektüre wünscht Ihnen das Team des Gröls-Verlags.

Adressen
Verleger: Sophia Gröls, Im Borngrund 26, 61440 Oberursel
Externer Dienstleister für Distribution & Herstellung: BoD, In de Tarpen 42, 22848 Norderstedt

Unsere „Edition | Kleine Klassiker" versammelt über hundert unbestrittene Klassiker der Weltliteratur in einem ästhetisch anspruchsvollen und handlichen Format.

Die Gröls-Klassiker-Editionen gehören heute mit ungefähr tausend Werken zu den größten Sammlungen klassischer Literatur im deutschen Sprachraum. Wir kultivieren und kuratieren damit einen der wertvollsten Bereiche der abendländischen Kultur. Kleine Auswahl:

Francis Bacon • Neues Organon • **Balzac** • Glanz und Elend der Kurtisanen • **Joachim H. Campe** • Robinson der Jüngere • **Dante Alighieri** • Die Göttliche Komödie • **Daniel Defoe** • Robinson Crusoe • **Charles Dickens** • Oliver Twist • **Denis Diderot** • Jacques der Fatalist • **Fjodor Dostojewski** • Schuld und Sühne • **Arthur Conan Doyle** • Der Hund von Baskerville • **Elisabeth von Österreich** • Das Poetische Tagebuch • **Friedrich Engels** • Die Lage der arbeitenden Klasse • **Ludwig Feuerbach** • Das Wesen des Christentums • **Fitzgerald** • Zärtlich ist die Nacht • **Flaubert** • Madame Bovary • **Theodor Fontane** • Effi Briest • **Robert Musil** • Über die Dummheit • **Edgar Wallace** • Der Frosch mit der Maske • **Jakob Wassermann** • Der Fall Maurizius • **Oscar Wilde** • Das Bildnis des Dorian Grey •

Mark Twain • Huckleberry Finns Abenteuer und Fahrten • **Anton Tschechow** • Die Möwe • **Ludwig Tieck** • Der gestiefelte Kater • **Feuerbach** • Das Wesen des Christentums • **Fitzgerald** • Zärtlich ist die Nacht • **Flaubert** • Madame Bovary • **Theodor Fontane** • Effi Briest • **Robert Musil** • Über die Dummheit • **Edgar Wallace** • Der Frosch mit der Maske • **Jakob Wassermann** • Der Fall Maurizius • **Oscar Wilde** • Das Bildnis des Dorian Grey • **Mark Twain** • Huckleberry Finns Abenteuer und Fahrten • **Anton Tschechow** • Die Möwe • **Ludwig Tieck** • Der gestiefelte Kater • **Jonathan Swift** • Gullivers Reisen • **Robert Louis Stevenson** • Die Schatzinsel • **William Shakespeare** • Othello • **Arthur Schopenhauer** • Die Kunst, Recht zu behalten • **Felix Salten** • Bambi • **Platon** • Der Staat • **Arthur Schnitzler** • Traumnovelle • **Friedrich Schiller** • Wilhelm Tell • **Karl May** • Winnetou • **Franz Kafka** • Der Prozeß • Platon • Verteidigungsrede • **Jules Verne** • Reise nachdem Mittelpunkt der Erde • **Leo Tolstoi** • Auferstehung • **August Strindberg** • Inferno • **Julius Stinde** • Familie Buchholz • **Wilhelm Raabe** • Die schwarze Galeere • **Friedrich Nietzsche** • Götzendämmerung • **Gotthold Ephraim Lessing** • Emilia Galotti *und viele weitere Werke….*

Friedrich Schiller

Der Verbrecher aus verlorener Ehre

Eine wahre Geschichte

In der ganzen Geschichte des Menschen ist kein Kapitel unterrichtender für Herz und Geist als die Annalen seiner Verirrungen. Bei jedem großen Verbrechen war eine verhältnismäßig große Kraft in Bewegung. Wenn sich das geheime Spiel der Begehrungskraft bei dem matteren Licht gewöhnlicher Affekte versteckt, so wird es im Zustand gewaltsamer Leidenschaft desto hervorspringender, kolossalischer, lauter; der feinere Menschenforscher, welcher weiß, wie viel man auf die Mechanik der gewöhnlichen Willensfreiheit eigentlich rechnen darf und wie weit es erlaubt ist, analogisch zu schließen, wird manche Erfahrung aus diesem Gebiete in seine Seelenlehre herübertragen und für das sittliche Leben verarbeiten.

Es ist etwas so Einförmiges und doch wieder so Zusammengesetztes, das menschliche Herz. Eine und eben dieselbe Fertigkeit oder Begierde kann in tausenderlei Formen und Richtungen spielen, kann tausend widersprechende Phänomene bewirken, kann in tausend Charakteren anders gemischt erscheinen, und tausend ungleiche Charaktere und Handlungen können wieder aus einerlei Neigung gesponnen sein, wenn auch der Mensch, von welchem die Rede ist, nichts weniger denn eine solche Verwandtschaft ahndet. Stünde einmal, wie für die übrigen Reiche der Natur, auch für das

Menschengeschlecht ein Linnäus auf, welcher nach Trieben und Neigungen klassifizierte, wie sehr würde man erstaunen, wenn man so manchen, dessen Laster in einer engen bürgerlichen Sphäre und in der schmalen Umzäunung der Gesetze jetzt ersticken muß, mit dem Ungeheuer in *einer* Ordnung beisammen fände.

Von dieser Seite betrachtet, läßt sich manches gegen die gewöhnliche Behandlung der Geschichte einwenden, und hier, vermute ich, liegt auch die Schwierigkeit, warum das Studium derselben für das bürgerliche Leben noch immer so fruchtlos geblieben. Zwischen der heftigen Gemütsbewegung des handelnden Menschen und der ruhigen Stimmung des Lesers, welchem diese Handlung vorgelegt wird, herrscht ein so widriger Kontrast, liegt ein so breiter Zwischenraum, daß es dem letztern schwer, ja unmöglich wird, einen Zusammenhang nur zu ahnden. Es bleibt eine Lücke zwischen dem historischen Subjekt und dem Leser, die alle Möglichkeit einer Vergleichung oder Anwendung abschneidet und statt jenes heilsamen Schreckens, der die stolze Gesundheit warnet, ein Kopfschütteln der Befremdung erweckt. Wir sehen den Unglücklichen, der doch in eben der Stunde, wo er die Tat beging, so wie in der, wo er dafür büßet, Mensch war wie wir, für ein Geschöpf fremder Gattung an, dessen Blut anders umläuft als das unsrige, dessen Wille andern Regeln gehorcht als der unsrige; seine Schicksale rühren uns wenig, denn Rührung gründet sich ja nur auf ein dunkles Bewußtsein ähnlicher Gefahr, und wir sind weit entfernt, eine solche Ähnlichkeit auch nur zu träumen. Die Belehrung geht mit der Beziehung verloren, und die Geschichte, anstatt eine Schule der Bildung zu sein, muß sich mit einem armseligen Verdienste um unsre Neugier begnügen. Soll sie uns mehr sein und ihren großen Endzweck erreichen, so muß sie notwendig unter diesen beiden Methoden wählen – Entweder der Leser muß warm werden wie der Held, oder der Held wie der Leser erkalten.

Ich weiß, daß von den besten Geschichtschreibern neuerer Zeit und des Altertums manche sich an die erste Methode gehalten und das Herz ihres Lesers durch hinreißenden Vortrag bestochen haben. Aber diese Manier ist eine Usurpation des Schriftstellers und beleidigt die republikanische Freiheit des lesenden Publikums, dem es zukömmt, selbst zu Gericht zu sitzen; sie ist zugleich eine Verletzung der Grenzengerechtigkeit, denn diese Methode gehört ausschließend und eigentümlich dem Redner und Dichter. Dem Geschichtschreiber bleibt nur die letztere übrig.

Der Held muß kalt werden wie der Leser, oder, was hier ebensoviel sagt, wir müssen mit ihm bekannt werden, *eh'* er handelt; wir müssen ihn seine Handlung nicht bloß *vollbringen* sondern auch wollen sehen. An seinen Gedanken liegt uns unendlich mehr als an seinen Taten, und noch weit mehr an den Quellen seiner Gedanken als an den Folgen jener Taten. Man hat das Erdreich des Vesuvs untersucht, sich die Entstehung seines Brandes zu erklären; warum schenkt man einer moralischen Erscheinung weniger Aufmerksamkeit als einer physischen? Warum achtet man nicht in eben dem Grade auf die Beschaffenheit und Stellung der Dinge, welche einen solchen Menschen umgaben, bis der gesammelte Zunder in seinem

Inwendigen Feuer fing? Den Träumer, der das Wunderbare liebt, reizt eben das Seltsame und Abenteuerliche einer solchen Erscheinung; der Freund der Wahrheit sucht eine Mutter zu diesen verlorenen Kindern. Er sucht sie in der *unveränderlichen* Struktur der menschlichen Seele und in den *veränderlichen* Bedingungen, welche sie von außen bestimmten, und in diesen beiden findet er sie gewiß. Ihn überrascht es nun nicht mehr, in dem nämlichen Beete, wo sonst überall heilsame Kräuter blühen, auch den giftigen Schierling gedeihen zu sehen, Weisheit und Torheit, Laster und Tugend in *einer* Wiege beisammen zu finden.

Wenn ich auch keinen der Vorteile hier in Anschlag bringe, welche die Seelenkunde aus einer solchen Behandlungsart der Geschichte zieht, so behält sie schon allein darum den Vorzug, weil sie den grausamen Hohn und die stolze Sicherheit ausrottet, womit gemeiniglich die ungeprüfte aufrechtstehende Tugend auf die gefallne herunterblickt; weil sie den sanften Geist der Duldung verbreitet, ohne welchen kein Flüchtling zurückkehrt, keine Aussöhnung des Gesetzes mit seinem Beleidiger stattfindet, kein angestecktes Glied der Gesellschaft von dem gänzlichen Brande gerettet wird.

Ob der Verbrecher, von dem ich jetzt sprechen werde, auch noch ein Recht gehabt hätte, an jenen Geist der Duldung zu appellieren? ob er wirklich ohne Rettung für den Körper des Staats verloren war? – Ich will dem Ausspruch des Lesers nicht vorgreifen. Unsre Gelindigkeit fruchtet ihm nichts mehr, denn er starb durch des Henkers Hand – aber die Leichenöffnung seines Lasters unterrichtet vielleicht die Menschheit und – es ist möglich, auch die Gerechtigkeit.

Christian Wolf war der Sohn eines Gastwirts in einer ...schen Landstadt (deren Namen man aus Gründen, die sich in der Folge aufklären, verschweigen muß) und half seiner Mutter, denn der Vater war tot, bis in sein zwanzigstes Jahr die Wirtschaft besorgen. Die Wirtschaft war schlecht, und Wolf hatte müßige Stunden. Schon von der Schule her war er für einen losen Buben bekannt. Erwachsene Mädchen führten Klagen über seine Frechheit, und die Jungen des Städtchens huldigten seinem erfinderischem Kopfe. Die Natur hatte seinen Körper verabsäumt. Eine kleine unscheinbare Figur, krauses Haar von einer unangenehmen Schwärze, eine plattgedrückte Nase und eine geschwollene Oberlippe, welche noch überdies durch den Schlag eines Pferdes aus ihrer Richtung gewichen war, gab seinem Anblick eine Widrigkeit, welche alle Weiber von ihm zurückscheuchte und dem Witz seiner Kameraden eine reichliche Nahrung darbot.

Er wollte ertrotzen, was ihm verweigert war; weil er mißfiel, setzte er sich vor zu gefallen. Er war sinnlich und beredete sich, daß er liebe. Das Mädchen, das er wählte, mißhandelte ihn; er hatte Ursache, zu fürchten, daß seine Nebenbuhler glücklicher wären; doch das Mädchen war arm. Ein Herz, daß seinen Beteurungen verschlossen blieb, öffnete sich vielleicht seinen Geschenken, aber ihn selbst drückte Mangel, und der eitle Versuch, seine Außenseite geltend zu machen, verschlang noch das Wenige, was er durch eine schlechte Wirtschaft erwarb. Zu bequem und zu unwissend, einem zerrütteten Hauswesen durch Spekulation aufzuhelfen, zu stolz, auch zu weichlich, den Herrn, der er bisher gewesen war, mit dem Bauern zu vertauschen und seiner angebeteten Freiheit zu entsagen, sah er nur einen Ausweg vor sich – den Tausende vor ihm und nach ihm mit besserem Glücke ergriffen haben – den Ausweg, *honett zu stehlen.* Seine Vaterstadt grenzte an eine landesherrliche Waldung, er wurde Wilddieb, und der Ertrag seines Raubes wanderte treulich in die Hände seiner Geliebten.

Unter den Liebhabern Hannchens war Robert, ein Jägerpursche des Försters. Frühzeitig merkte dieser den

Vorteil, den die Freigebigkeit seines Nebenbuhlers über ihn gewonnen hatte, und mit Scheelsucht forschte er nach den Quellen dieser Veränderung. Er zeigte sich fleißiger in der „Sonne“ – dies war das Schild zu dem Wirtshaus –, sein laurendes Auge, von Eifersucht und Neide geschärft, entdeckte ihm bald, woher dieses Geld floß. Nicht lange vorher war ein strenges Edikt gegen die Wildschützen erneuert worden, welches den Übertreter zum Zuchthaus verdammte. Robert war unermüdet, die geheimen Gänge seines Feindes zu beschleichen; endlich gelang es ihm auch, den Unbesonnenen über der Tat zu ergreifen. Wolf wurde eingezogen, und nur mit Aufopferung seines ganzen kleinen Vermögens brachte er es mühsam dahin, die zuerkannte Strafe durch eine Geldbuße abzuwenden.

Robert triumphierte. Sein Nebenbuhler war aus dem Felde geschlagen und Hannchens Gunst für den Bettler verloren. Wolf kannte seinen Feind, und dieser Feind war der glückliche Besitzer seiner Johanne. Drückendes Gefühl des Mangels gesellte sich zu beleidigtem Stolze, Not und Eifersucht stürmen vereinigt auf seine Empfindlichkeit ein, der Hunger treibt ihn hinaus in die weite Welt, Rache und Leidenschaft halten ihn fest. Er wird zum zweitenmal Wilddieb; aber Roberts verdoppelte Wachsamkeit überlistet ihn zum zweitenmal wieder. Jetzt erfährt er die ganze Schärfe des Gesetzes: denn er hat nichts mehr zu geben, und in wenigen Wochen wird er in das Zuchthaus der Residenz abgeliefert.

Das Strafjahr war überstanden, seine Leidenschaft durch die Entfernung gewachsen und sein Trotz unter dem Gewicht des Unglücks gestiegen. Kaum erlangt er die Freiheit, so eilt er nach seinem Geburtsort, sich seiner Johanne zu zeigen. Er erscheint: man flieht ihn. Die dringende Not hat endlich seinen Hochmut gebeugt und seine Weichlichkeit überwunden – er bietet sich den Reichen des Orts an und will für den Taglohn dienen. Der Bauer zuckt über den schwachen Zärtling die Achsel; der derbe Knochenbau seines handfesten Mitbewerbers sticht ihn bei diesem fühllosen Gönner aus. Er wagt einen letzten Versuch. Ein Amt ist noch ledig, der äußerste verlorne Posten des ehrlichen Namens – er meldet sich zum Hirten des Städtchens, aber der Bauer will seine Schweine keinem Taugenichts anvertrauen. In allen Entwürfen getäuscht, an allen Orten zurückgewiesen, wird er zum drittenmal Wilddieb, und zum drittenmal trifft ihn das Unglück, seinem wachsamen Feind in die Hände zu fallen.

Der doppelte Rückfall hat seine Verschuldung erschwert. Die Richter sahen in das Buch der Gesetze, aber nicht *einer* in die Gemütsverfassung des Beklagten. Das Mandat gegen die Wilddiebe bedurfte einer solennen und exemplarischen Genugtuung, und Wolf ward verurteilt, das Zeichen des Galgens auf den Rücken gebrannt, drei Jahre auf der Festung zu arbeiten.

Auch diese Periode verlief, und er ging von der Festung – aber ganz anders, als er dahin gekommen war. Hier fängt eine neue Epoche in seinem Leben an; man höre ihn selbst, wie er nachher gegen seinen geistlichen Beistand und vor Gerichte bekannt hat. „Ich betrat die Festung," sagte er, „als ein verirrter und verließ sie als ein Lotterbube. Ich hatte noch etwas in der Welt gehabt, das mir teuer war, und mein Stolz krümmte sich unter der Schande. Wie ich auf die Festung gebracht war, sperrte man mich zu dreiundzwanzig Gefangenen ein, unter denen zwei Mörder und die übrigen alle berüchtigte Diebe und Vagabunden waren. Man verhöhnte mich, wenn ich von Gott sprach, und setzte mir zu, schändliche Lästerungen gegen den Erlöser zu sagen. Man sang mir Hurenlieder vor, die ich, ein lüderlicher Bube, nicht ohne Ekel und Entsetzen hörte; aber was ich ausüben sah, empörte meine Schamhaftigkeit noch mehr. Kein Tag verging, wo nicht irgendein schändlicher Lebenslauf wiederholt, irgendein schlimmer Anschlag geschmiedet ward. Anfangs floh ich dieses Volk und verkroch mich vor ihren Gesprächen, so gut mir's möglich war; aber ich brauchte ein Geschöpf, und die Barbarei meiner Wächter hatte mir auch meinen Hund abgeschlagen. Die Arbeit war hart und tyrannisch, mein Körper kränklich; ich brauchte Beistand, und wenn ich's aufrichtig sagen soll, ich brauchte Bedauerung, und diese mußte ich mit dem letzten Überrest meines Gewissens erkaufen. So gewöhnte ich mich endlich an das Abscheulichste, und im letzten Vierteljahr hatte ich meine Lehrmeister übertroffen.

„Von jetzt an lechzte ich nach dem Tag meiner Freiheit, wie ich nach Rache lechzte. Alle Menschen hatten mich beleidigt, denn alle waren besser und glücklicher als ich. Ich betrachtete mich als den Märtyrer des natürlichen Rechts und als ein Schlachtopfer der Gesetze. Zähneknirschend rieb ich meine

Ketten, wenn die Sonne hinter meinem Festungsberg heraufkam; eine weite Aussicht ist zwiefache Hölle für einen Gefangenen. Der freie Zugwind, der durch die Luftlöcher meines Turmes pfeifte, und die Schwalbe, die sich auf dem eisernen Stab meines Gitters niederließ, schienen mich mit ihrer Freiheit zu necken und machten mir meine Gefangenschaft desto gräßlicher. Damals gelobte ich unversöhnlichen, glühenden Haß allem, was dem

Menschen gleicht, und was ich gelobte, hab' ich redlich gehalten.

„Mein erster Gedanke, sobald ich mich frei sah, war meine Vaterstadt. So wenig auch für meinen künftigen Unterhalt da zu hoffen war, so viel versprach sich mein Hunger nach Rache. Mein Herz klopfte wilder, als der Kirchturm von weitem aus dem Gehölze stieg. Es war nicht mehr das herzliche Wohlbehagen, wie ich's bei meiner ersten Wallfahrt empfunden hatte. – Das Andenken alles Ungemachs, aller Verfolgungen, die ich dort einst erlitten hatte, erwachte mit einemmal aus einem schrecklichen Todesschlaf, alle Wunden bluteten wieder, alle Narben gingen auf. Ich verdoppelte meine Schritte, denn es erquickte mich im voraus, meine Feinde durch meinen plötzlichen Anblick in Schrecken zu setzen, und ich dürstete jetzt ebenso sehr nach neuer Erniedrigung, als ich ehemals davor gezittert hatte.

„Die Glocken läuteten zur Vesper, als ich mitten auf dem Markte stand. Die Gemeinde wimmelte zur Kirche.

Man erkannte mich schnell, jedermann, der mir aufstieß, trat scheu zurück. Ich hatte von jeher die kleinen Kinder sehr lieb gehabt, und auch jetzt übermannte mich's unwillkürlich, daß ich einem Knaben, der neben mir vorbeihüpfte, einen Groschen bot. Der Knabe sah mich einen Augenblick starr an und warf mir den Groschen ins Gesicht. Wäre mein Blut nur etwas ruhiger gewesen, so hätte ich mich erinnert, daß der Bart, den ich noch von der Festung mitbrachte, meine Gesichtszüge bis zum Gräßlichen entstellte – aber mein böses Herz hatte meine Vernunft angesteckt. Tränen, wie ich sie nie geweint hatte, liefen über meine Backen.

„Der Knabe weiß nicht, wer ich bin, noch woher ich komme, sagte ich halblaut zu mir selbst, und doch meidet er mich wie ein schändliches Tier. Bin ich denn irgendwo auf der Stirne gezeichnet, oder habe ich aufgehört, einem Menschen ähnlich zu sehen, weil ich fühle, daß ich keinen mehr lieben kann? – Die

Verachtung dieses Knaben schmerzte mich bitterer als dreijähriger Galliotendienst, denn ich hatte ihm Gutes getan und konnte *ihn* keines persönlichen Hasses beschuldigen.

„Ich setzte mich auf einen Zimmerplatz, der Kirche gegenüber; was ich eigentlich wollte, weiß ich nicht; doch ich weiß noch, daß ich mit Erbitterung aufstand, als von allen meinen vorübergehenden Bekannten keiner mich nur eines Grußes gewürdigt hatte, auch nicht einer.

Unwillig verließ ich meinen Standort, eine Herberge aufzusuchen; als ich an der Ecke einer Gase umlenkte, rannte ich gegen meine Johanne. Sonnenwirt! schrie sie laut auf und machte eine Bewegung, mich zu umarmen. Du wieder da, lieber Sonnenwirt! Gott sei Dank, daß du wiederkömmst! Hunger und Elend sprach aus ihrer Bedeckung, eine schändliche Krankheit aus ihrem Gesichte; ihr Anblick verkündigte die verworfenste Kreatur, zu der sie erniedrigt war. Ich ahndete schnell, was hier geschehen sein möchte; einige fürstliche Dragoner, die mir eben begegnet waren, ließen mich erraten, daß Garnison in dem Städtchen lag. Soldatendirne! rief ich und drehte ihr lachend den Rücken zu. Es tat mir wohl, daß noch ein Geschöpf *unter* mir war im Rang der Lebendigen. Ich hatte sie niemals geliebt.

„Meine Mutter war tot. Mit meinem kleinen Hause hatten sich meine Kreditoren bezahlt gemacht. Ich hatte niemand und nichts mehr. Alle Welt floh mich wie einen Giftigen, aber ich hatte endlich verlernt, mich zu schämen. Vorher hatte ich mich dem Anblick der Menschen entzogen, weil Verachtung mir unerträglich war. Jetzt drang ich mich auf und ergötzte mich, sie zu verscheuchen. Es war mir wohl, weil ich nichts mehr zu verlieren und nichts mehr zu hüten hatte. Ich brauchte keine gute Eigenschaft mehr, weil man keine mehr bei mir vermutete.

„Die ganze Welt stand mir offen, ich hätte vielleicht in einer fremden

Provinz für einen ehrlichen Mann gegolten, aber ich hatte den Mut verloren, es auch nur zu scheinen. Verzweiflung und Schande hatten mir endlich diese Sinnesart aufgezwungen. Es war die letzte Ausflucht, die mir übrig war, die *Ehre* entbehren zu lernen, weil ich an keine mehr Anspruch machen durfte. Hätten meine Eitelkeit und mein Stolz meine Erniedrigung erlebt, so hätte ich mich selber entleiben müssen.

„Was ich nunmehr eigentlich beschlossen hatte, war mir selber noch unbekannt. Ich wollte Böses tun, soviel erinnere ich mich noch dunkel. Ich wollte mein Schicksal verdienen. Die Gesetze, meinte ich, wären Wohltaten für die Welt, also faßte ich den Vorsatz, sie zu verletzen; ehemals hatte ich aus *Notwendigkeit* und *Leichtsinn* ges ündigt, jetzt tat ich's aus freier Wahl zu meinem Vergnügen.

„Mein Erstes war, daß ich mein Wildschießen fortsetzte. Die Jagd überhaupt war mir nach und nach zur Leidenschaft geworden, und außerdem mußte ich ja leben. Aber dies war es nicht allein; es kitzelte mich, das fürstliche Edikt zu verhöhnen und meinem Landesherrn nach allen Kräften zu schaden. Ergriffen zu werden, besorgte ich nicht mehr, denn jetzt hatte ich eine Kugel für meinen Entdecker bereit, und das wußte ich, daß mein Schuß seinen Mann nicht fehlte. Ich erlegte alles Wild, das mir aufstieß, nur weniges machte ich auf der Grenze zu

Gelde, das meiste ließ ich verwesen. Ich lebte kümmerlich, um nur den Aufwand an Blei und Pulver zu bestreiten. Meine Verheerungen in der großen Jagd wurden ruchbar, aber mich drückte kein Verdacht mehr. Mein Anblick löschte ihn aus. Mein Name war vergessen.

„Diese Lebensart trieb ich mehrere Monate. Eines Morgens hatte ich nach meiner Gewohnheit das Holz durchstrichen, die Fährte eines Hirsches zu verfolgen. Zwei Stunden hatte ich mich vergeblich ermüdet, und schon fing ich an, meine Beute verloren zu geben, als ich sie auf einmal in schußgerechter Entfernung entdecke. Ich will anschlagen und abdrücken – aber plötzlich erschreckt mich der Anblick eines Hutes, der wenige Schritte vor mir auf der Erde liegt. Ich forsche genauer und erkenne den Jäger Robert, der hinter dem dicken Stamm einer Eiche auf eben das Wild anschlägt, dem ich den Schuß bestimmt hatte. Eine tödliche Kälte fährt bei diesem Anblick durch meine Gebeine. Just das war der

Mensch, den ich unter allen lebendigen Dingen am gräßlichsten haßte, und dieser Mensch war in die Gewalt meiner Kugel gegeben. In diesem Augenblick dünkte mich's, als ob die ganze Welt in meinem Flintenschuß läge und der Haß meines ganzen Lebens in die einzige Fingerspitze sich zusammendrängte, womit ich den mörderischen Druck tun sollte. Eine unsichtbare fürchterliche Hand schwebte über mir, der Stundenweiser meines Schicksals zeigte unwiderruflich auf diese schwarze Minute. Der Arm zitterte mir, da ich meiner Flinte die schreckliche Wahl erlaubte – meine Zähne schlugen zusammen wie im Fieberfrost, und der Odem sperrte sich erstickend in meiner Lunge. Eine Minute lang blieb der Lauf meiner Flinte ungewiß zwischen dem Menschen und dem Hirsch mitten inne schwanken – eine Minute – und noch eine – und wieder eine. Rache und Gewissen rangen hartnäckig und zweifelhaft, aber die Rache gewann's, und der Jäger lag tot am Boden.

„Mein Gewehr fiel mit dem Schusse ... Mörder ...stammelte ich langsam – der Wald war still wie ein Kirchhof – ich hörte deutlich, daß ich Mörder sagte. Als ich näher schlich, starb der Mann. Lange stand ich sprachlos vor dem Toten, ein helles Gelächter endlich machte mir Luft. Wirst du jetzt reinen Mund halten, guter Freund! sagte ich und trat keck hin, indem ich zugleich das Gesicht des Ermordeten auswärts kehrte. Die Augen standen ihm weit auf. Ich wurde ernsthaft und schwieg plötzlich wieder stille. Es fing mir an, seltsam zu werden.

„Bis hieher hatte ich auf Rechnung meiner Schande gefrevelt; jetzt war etwas geschehen, wofür ich noch nicht gebüßt hatte. Eine Stunde vorher, glaube ich, hätte mich kein Mensch überredet, daß es noch etwas Schlechteres als mich unter dem Himmel gebe; jetzt fing ich an zu mutmaßen, daß ich vor einer Stunde wohl gar zu beneiden war.

„Gottes Gerichte fielen mir nicht ein – wohl aber eine, ich weiß nicht welche? verwirrte Erinnerung an Strang und Schwert und die Exekution einer Kindermörderin, die ich als Schuljunge mit angesehen hatte. Etwas ganz besonders Schreckbares lag für mich in dem Gedanken, daß von jetzt an mein Leben verwirkt sei. Auf mehreres besinne ich mich nicht mehr. Ich wünschte gleich darauf, daß er noch lebte. Ich tat mir Gewalt an, mich lebhaft an alles Böse zu erinnern, das mir der Tote im Leben zugefügt hatte, aber sonderbar! mein Gedächtnis war wie ausgestorben. Ich konnte nichts mehr von alle dem hervorrufen, was mich vor einer Viertelstunde zum Rasen gebracht hatte. Ich begriff gar nicht, wie ich zu dieser Mordtat gekommen war.

„Noch stand ich vor der Leiche, noch immer. Das Knallen einiger Peitschen und das Geknarre von Frachtwagen, die durchs Holz fuhren, brachte mich zu mir selbst. Es war kaum eine Viertelmeile abseits der

Heerstraße, wo die Tat geschehen war. Ich mußte auf meine Sicherheit denken.

„Unwillkürlich verlor ich mich tiefer in den Wald. Auf dem Wege fiel mir ein, daß der Entleibte sonst eine Taschenuhr besessen hätte. Ich brauchte Geld, um die Grenze zu erreichen – und doch fehlte mir der Mut, nach dem Platz umzuwenden, wo der Tote lag. Hier erschreckte mich ein Gedanke an den Teufel und eine Allgegenwart Gottes. Ich raffte meine ganze Kühnheit zusammen;

entschlossen, es mit der ganzen Hölle aufzunehmen, ging ich nach der Stelle zurück. Ich fand, was ich erwartet hatte, und in einer grünen Börse noch etwas weniges über einen Taler an Gelde. Eben da ich beides zu mir stecken wollte, hielt ich plötzlich ein und überlegte. Es war keine Anwandlung von Scham, auch nicht Furcht, mein Verbrechen durch Plünderung zu vergrößern – Trotz, glaube ich, war es, daß ich die Uhr wieder von mir warf und von dem Gelde nur die Hälfte behielt. Ich wollte für einen persönlichen Feind des Erschossenen, aber nicht für seinen Räuber gehalten sein.

„Jetzt floh ich waldeinwärts. Ich wußte, daß das Holz sich vier deutsche Meilen nordwärts erstreckte und dort an die Grenzen des Landes stieß. Bis zum hohen Mittage lief ich atemlos. Die Eilfertigkeit meiner Flucht hatte meine Gewissensangst zerstreut, aber sie kam schrecklicher zurück, wie meine Kräfte mehr und mehr ermatteten. Tausend gräßliche Gestalten gingen an mir vorüber und schlugen wie schneidende Messer in meine Brust. Zwischen einem Leben voll rastloser Todesfurcht und einer gewaltsamen Entleibung war mir jetzt eine schreckliche Wahl gelassen, und ich *mußte* wählen. Ich hatte das Herz nicht, durch Selbstmord aus der Welt zu gehen, und entsetzte mich vor der Aussicht, darin zu bleiben. Geklemmt zwischen die gewissen Qualen des Lebens und die ungewissen Schrecken der Ewigkeit, gleich unfähig zu leben und zu sterben, brachte ich die sechste Stunde meiner Flucht dahin, eine Stunde, vollgepreßt von Qualen, wovon noch kein lebendiger Mensch zu erzählen weiß.

„In mich gekehrt und langsam, ohne mein Wissen den Hut tief ins Gesichte gedrückt, als ob mich dies vor dem Auge der leblosen Natur hätte unkenntlich machen können, hatte ich unvermerkt einen schmalen Fußsteig verfolgt, der mich durch das dunkelste Dickicht führte – als plötzlich eine rauhe befehlende Stimme vor mir her: Halt! rufte. Die Stimme war ganz nahe, meine

Zerstreuung und der heruntergedrückte Hut hatten mich verhindert, um mich herum zu schauen. Ich schlug die Augen auf und sah einen wilden Mann auf mich zukommen, der eine große knotigte Keule trug. Seine Figur ging ins Riesenmäßige – meine erste Bestürzung wenigstens hatte mich dies glauben gemacht – und die Farbe seine Haut war von einer gelben Mulattenschwärze, woraus das Weiße eines schielenden Auges bis zum Grausen hervortrat. Er hatte statt eines Gurts ein dickes Seil zwiefach um einen grünen wollenen Rock geschlagen, worin ein breites Schlachtmesser bei einer Pistole stak. Der Ruf wurde wiederholt, und ein kräftiger Arm hielt mich fest. Der Laut eines Menschen hatte mich in Schrecken gejagt, aber der Anblick eines Bösewichts gab mir Herz. In der Lage, worin ich jetzt war, hatte ich Ursache, vor jedem redlichen Mann, aber keine mehr, vor einem Räuber zu zittern.

„Wer da? sagte diese Erschcinung.

„Deinesgleichen, war meine Antwort, wenn du der wirklich bist, dem du gleich siehst!

„Dahinaus geht der Weg nicht. Was hast du hier zu suchen?

„Was hast du hier zu fragen? versetzte ich trotzig.

„Der Mann betrachtete mich zweimal vom Fuß bis zum Wirbel. Es schien, als ob er meine Figur gegen die seinige und meine Antwort gegen meine Figur halten wollte – Du sprichst brutal wie ein Bettler, sagte er endlich.

„Das mag sein. Ich bin's noch gestern gewesen.

„Der Mann lachte. Man sollte darauf schwören, rief er, du wolltest auch noch jetzt für nichts Bessers gelten.

„Für etwas Schlechteres also – Ich wollte weiter.

„Sachte Freund! Was jagt dich denn so? Was hast du für Zeit zu verlieren?

„Ich besann mich einen Augenblick. Ich weiß nicht, wie mir das Wort auf die Zunge kam: Das Leben ist kurz, sagte ich langsam, und die Hölle währt ewig.

„Er sah mich stier an. Ich will verdammt sein, sagte er endlich, oder du bist irgend an einem Galgen hart vorbeigestreift.

„Das mag wohl noch kommen. Also auf *Wiedersehen*, Kamerad!

„Topp, *Kamerade*! – schrie er, indem er eine zinnerne Flasche aus seiner

Jagdtasche hervorlangte, einen kräftigen Schluck daraus tat und mir sie reichte. Flucht und Beängstigung hatten meine Kräfte aufgezehrt, und diesen ganzen entsetzlichen Tag war noch nichts über meine Lippen gekommen. Schon fürchtete ich, in dieser Waldgegend zu verschmachten, wo auf drei Meilen in der Runde kein Labsal für mich zu hoffen war. Man urteile, wie froh ich auf diese angebotne Gesundheit Bescheid tat. Neue Kraft floß mit diesem Erquicktrunk in meine

Gebeine und frischer Mut in mein Herz, und Hoffnung und Liebe zum Leben. Ich fing an, zu glauben, daß ich doch wohl nicht ganz elend wäre; so viel konnte dieser willkommene Trank. Ja, ich bekenne es, mein Zustand grenzte wieder an einen glücklichen, denn endlich, nach tausend fehlgeschlagenen Hoffnungen, hatte ich eine Kreatur gefunden, die mir ähnlich schien. In dem Zustande, worein ich versunken war, hätte ich mit dem höllischen

Geiste Kameradschaft getrunken, um einen Vertrauten zu haben.

„Der Mann hatte sich aufs Gras hingestreckt, ich tat ein gleiches.

„Dein Trunk hat mir wohlgetan! sagte ich. Wir müssen bekannter werden.

„Er schlug Feuer, seine Pfeife zu zünden.

„Treibst du das Handwerk schon lange?

„Er sah mich fest an. Was willst du damit sagen?

„War *das* schon oft blutig? Ich zog das Messer aus seinem Gürtel.

„Wer bist du? sagte er schrecklich und legte die Pfeife von sich.

„Ein Mörder wie du – aber nur erst ein Anfänger.

„Der Mensch sah mich steif an und nahm seine Pfeife wieder.

„Du bist nicht hier zu Hause? sagte er endlich.

„Drei Meilen von hier. Der Sonnenwirt in L..., wenn du von mir gehöret hast.

„Der Mann sprang auf wie ein Beseßner. Der Wildschütze Wolf? schrie er hastig.

„Der nämliche.

„Willkommen, Kamerad! Willkommen! rief er und schüttelte mir kräftig die Hände. Das ist brav, daß ich dich endlich habe, Sonnenwirt. Jahr und Tag schon sinn' ich darauf, dich zu kriegen. Ich kenne dich recht gut. Ich weiß um alles. Ich habe lange auf dich gerechnet.

„Auf mich gerechnet? Wozu denn?

„Die ganze Gegend ist voll von dir. Du hast Feinde, ein Amtmann hat dich gedrückt, Wolf. Man hat dich zu Grund gerichtet, himmelschreiend ist man mit dir umgegangen.

„Der Mann wurde hitzig – Weil du ein paar Schweine geschossen hast, die der Fürst auf unsern Äckern und Feldern füttert, haben sie dich Jahre lang im Zuchthaus und auf der

Festung herumgezogen, haben sie dich um Haus und Wirtschaft bestohlen, haben sie dich zum Bettler gemacht. Ist es dahin gekommen, Bruder, daß der Mensch nicht mehr gelten soll als ein Hase? Sind wir nicht besser als das Vieh auf dem Felde? – Und ein Kerl wie du konnte das dulden?

„Konnt' ich's ändern?

„Das werden wir ja wohl sehen. Aber sage mir doch, woher kömmst du denn jetzt, und was führst du im Schilde?

„Ich erzählte ihm meine ganze Geschichte. Der Mann, ohne abzuwarten, bis ich zu Ende war, sprang mit froher Ungeduld auf, und mich zog er nach. Komm, Bruder Sonnenwirt, sagte er, jetzt bist du reif, jetzt hab' ich dich, wo ich dich brauchte. Ich werde Ehre mit dir einlegen. Folge mir.

„Wo willst du mich hinführen?

„Frage nicht lange. Folge! – Er schleppte mich mit Gewalt fort.

„Wir waren eine kleine Viertelmeile gegangen. Der Wald wurde immer abschüssiger, unwegsamer und wilder, keiner von uns sprach ein Wort, bis mich endlich die Pfeife meines Führers aus meinen Betrachtungen aufschreckte. Ich schlug die Augen auf, wir standen am schroffen Absturz eines Felsen, der sich in eine tiefe Kluft hinunterbückte. Eine zwote Pfeife antwortete aus dem innersten Bauche des Felsen, und eine Leiter kam, wie von sich selbst, langsam aus der Tiefe gestiegen. Mein Führer kletterte zuerst hinunter, mich hieß er warten, bis er wiederkäme. Erst muß ich den Hund an Ketten legen lassen, setzte er hinzu, du bist hier fremd, die Bestie würde dich zerreißen. Damit ging er.

„Jetzt stand ich allein vor dem Abgrund, und ich wußte recht gut, daß ich allein war. Die Unvorsichtigkeit meines Führers entging meiner Aufmerksamkeit nicht. Es hätte mich nur einen beherzten Entschluß gekostet, die Leiter heraufzuziehen, so war ich frei, und meine Flucht war gesichert. Ich gestehe, daß ich das einsah. Ich sah in den Schlund hinab, der mich jetzt aufnehmen sollte; es erinnerte mich dunkel an den Abgrund der Hölle, woraus keine Erlösung mehr ist. Mir fing an, vor der Laufbahn zu schaudern, die ich nunmehr betreten wollte; nur eine schnelle Flucht konnte mich retten. Ich beschließe diese Flucht – schon strecke ich den Arm nach der Leiter aus – aber auf einmal donnert's in meinen Ohren, es umhallt mich wie Hohngelächter der Hölle: *Was hat ein Mörder zu wagen?* – und mein Arm fällt gelähmt zurück. Meine Rechnung war völlig, die Zeit der Reue war dahin, mein begangener Mord lag hinter mir aufgetürmt wie ein Fels und sperrte meine Rückkehr auf ewig. Zugleich erschien auch mein Führer wieder und kündigte mir an, daß ich kommen solle. Jetzt war ohnehin keine Wahl mehr. Ich kletterte hinunter.

„Wir waren wenige Schritte unter der Felsmauer weggegangen, so erweiterte sich der Grund, und einige Hütten wurden sichtbar. Mitten zwischen diesen öffnete sich ein runder Rasenplatz, auf welchem sich eine Anzahl von achtzehn bis zwanzig Menschen um ein Kohlfeuer gelagert hatte. Hier, Kameraden, sagte mein Führer und stellte mich mitten in den Kreis; unser Sonnenwirt! heißt ihn willkommen!

„Sonnenwirt! schrie alles zugleich, und alles fuhr auf und drängte sich um mich her, Männer und Weiber. Soll ich's gestehn? Die Freude war ungeheuchelt und herzlich, Vertrauen, Achtung sogar erschien auf jedem Gesichte, dieser drückte mir die Hand, jener schüttelte mich vertraulich am Kleide, der ganze Auftritt war wie das Wiedersehen eines alten Bekannten, der einem wert ist. Meine Ankunft hatte den Schmaus unterbrochen, der eben anfangen sollte. Man setzte ihn sogleich fort und nötigte mich, den Willkomm zu trinken. Wildpret aller Art war die

Mahlzeit, und die Weinflasche wanderte unermüdet von Nachbar zu Nachbar. Wohlleben und Einigkeit schien die ganze Bande zu beseelen, und alles wetteiferte, seine Freude über mich zügelloser an den Tag zu legen.

„Man hatte mich zwischen zwo Weibspersonen sitzen lassen, welches der Ehrenplatz an der Tafel war. Ich erwartete den Auswurf ihres Geschlechts, aber wie groß war meine Verwunderung, als ich unter dieser schändlichen Rotte die schönsten weiblichen Gestalten entdeckte, die mir jemals vor Augen gekommen. Margarete, die älteste und schönste von beiden, ließ sich Jungfer nennen und konnte kaum fünfundzwanzig sein. Sie sprach sehr frech, und ihre Gebärden sagten noch mehr. Marie, die jüngere, war verheuratet, aber einem Manne entlaufen, der sie mißhandelt hatte. Sie war feiner gebildet, sah aber blaß aus und schmächtig und fiel weniger ins Auge als ihre feurige Nachbarin. Beide Weiber eiferten auf einander, meine

Begierden zu entzünden; die schöne Margarete kam meiner Blödigkeit durch freche Scherze zuvor, aber das ganze Weib war mir zuwider, und mein Herz hatte die schüchterne Marie auf immer gefangen.

„Du siehst, Bruder Sonnenwirt, fing der Mann jetzt an, der mich hergebracht hatte, du siehst, wie wir untereinander leben, und jeder Tag ist dem heutigen gleich. Nicht wahr, Kameraden?

„Jeder Tag ist wie der heutige! wiederholte die ganze Bande.

„Kannst du dich also entschließen, an unserer Lebensart Gefallen zu finden, so schlag ein und sei unser Anführer. Bis jetzt bin *ich* es gewesen, aber *dir* will ich weichen. Seid ihr's zufrieden, Kameraden?

„Ein fröhliches Ja! antwortete aus allen Kehlen.

„Mein Kopf glühte, mein Gehirne war betäubt, von Wein und Begierden siedete mein Blut. Die Welt hatte mich ausgeworfen wie einen Verpesteten – hier fand ich brüderliche Aufnahme, Wohlleben und Ehre. Welche Wahl ich auch treffen wollte, so erwartete mich Tod; hier aber konnte ich wenigstens mein Leben für einen höheren Preis verkaufen. Wollust war meine wütendste Neigung; das andere Geschlecht hatte mir bis jetzt nur Verachtung bewiesen, hier erwartete mich Gunst und zügellose Vergnügungen. Mein Entschluß kostete mich wenig. Ich bleibe bei euch, Kameraden, rief ich laut mit Entschlossenheit und trat mitten unter die Bande; ich bleibe bei euch, rief ich nochmals, wenn ihr mir meine schöne Nachbarin abtretet! – Alle kamen überein, mein Verlangen zu bewilligen, ich war erklärter Eigentümer einer H*** und das Haupt einer Diebesbande."

Den folgenden Teil der Geschichte übergehe ich ganz; das bloß Abscheuliche hat nichts Unterrichtendes für den Leser. Ein Unglücklicher, der bis zu dieser Tiefe herunter sank, mußte sich endlich alles erlauben, was die Menschheit empört – aber einen zweiten Mord beging er nicht mehr, wie er selbst auf der Folter bezeugte.

Der Ruf dieses Menschen verbreitete sich in kurzem durch die ganze Provinz. Die Landstraßen wurden unsicher, nächtliche Einbrüche beunruhigten den Bürger, der Name des Sonnenwirts wurde der Schrecken des Landvolks, die Gerechtigkeit suchte ihn auf, und eine Prämie wurde auf seinen Kopf gesetzt.

Er war so glücklich, jeden Anschlag auf seine Freiheit zu vereiteln, und verschlagen genug, den Aberglauben des wundersüchtigen Bauren zu seiner Sicherheit zu benutzen. Seine Gehülfen mußten aussprengen, er habe einen Bund mit dem Teufel gemacht und könne hexen. Der Distrikt, auf welchem er seine Rolle spielte, gehörte damals noch weniger als jetzt zu den aufgeklärten Deutschlands; man glaubte diesem Gerüchte, und seine Person war gesichert. Niemand zeigte Lust, mit dem gefährlichen Kerl anzubinden, dem der Teufel zu Diensten stünde.

Ein Jahr schon hatte er das traurige Handwerk getrieben, als es anfinge, ihm unerträglich zu werden. Die Rotte, an deren Spitze er sich gestellt hatte, erfüllte seine glänzenden Erwartungen nicht. Eine verführerische Außenseite hatte ihn damals im Taumel des Weines geblendet; jetzt wurde er mit Schrecken gewahr, wie abscheulich er hintergangen worden. Hunger und Mangel traten an die Stelle des

Überflusses, womit man ihn eingewiegt hatte; sehr oft mußte er sein Leben an eine Mahlzeit wagen, die kaum hinreichte, ihn vor dem Verhungern zu schützen. Das Schattenbild

jener *brüderlichen* Eintracht

verschwand; Neid, Argwohn und Eifersucht wüteten im Innern dieser verworfenen Bande. Die Gerechtigkeit hatte demjenigen, der ihn lebendig ausliefern würde, Belohnung und, wenn es ein Mitschuldiger wäre, noch eine feierliche Begnadigung zugesagt

– eine mächtige Versuchung für den Auswurf der Erde! Der Unglückliche kannte seine Gefahr. Die Redlichkeit derjenigen, die Menschen und Gott verrieten, war ein schlechtes Unterpfand seines Lebens. Sein Schlaf war von jetzt an dahin, ewige Todesangst zerfraß seine Ruhe, das gräßliche Gespenst des Argwohns rasselte hinter ihm, wo er hinfloh, peinigte ihn, wenn er wachte, bettete sich neben ihm, wenn er schlafen ging, und schreckte ihn in entsetzlichen Träumen. Das verstummte Gewissen gewann zugleich seine Sprache wieder, und die schlafende Natter der Reue wachte bei diesem allgemeinen Sturm seines Busens auf. Sein ganzer Haß wandte sich jetzt von der Menschheit und kehrte seine schreckliche Schneide gegen ihn selber. Er vergab jetzt der ganzen Natur und fand niemand, als sich allein zu verfluchen.

Das Laster hatte seinen Unterricht an dem Unglücklichen vollendet, sein natürlich guter Verstand siegte endlich über die traurige Täuschung.

Jetzt fühlte er, wie tief er gefallen war, ruhigere Schwermut trat an die Stelle knirschender Verzweiflung. Er wünschte mit Tränen die Vergangenheit zurück; jetzt wußte er gewiß, daß er sie ganz anders wiederholen würde. Er fing an zu hoffen, daß er noch rechtschaffen werden dürfe, weil er bei sich empfand, daß er es könne. Auf dem höchsten Gipfel seiner Verschlimmerung war er dem Guten näher, als er vielleicht vor seinem ersten Fehltritt gewesen war.

Um eben diese Zeit war der siebenjährige Krieg ausgebrochen, und die Werbungen gingen stark. Der Unglückliche schöpfte Hoffnung von diesem Umstand und schrieb einen Brief an seinen Landesherrn, den ich auszugsweise hier einrücke:

„Wenn Ihre fürstliche Huld sich nicht ekelt, bis zu *mir* herunter zu steigen, wenn Verbrecher *meiner* Art nicht außerhalb Ihrer Erbarmung liegen, so gönnen *Sie* mir Gehör, durchlauchtigster Oberherr. Ich bin Mörder und Dieb, das Gesetz verdammt mich zum Tode, die Gerichte suchen mich auf – und ich biete mich an, mich freiwillig zu stellen. Aber ich bringe zugleich eine seltsame Bitte vor Ihren Thron. Ich verabscheue mein Leben und fürchte den Tod nicht, aber schrecklich ist mir's zu sterben, ohne gelebt zu haben. Ich möchte leben, um einen Teil des Vergangenen gutzumachen; ich möchte leben, um den Staat zu versöhnen, den ich beleidigt habe. Meine Hinrichtung wird ein Beispiel sein für die Welt, aber kein Ersatz meiner Taten. Ich hasse das Laster und sehne mich feurig nach Rechtschaffenheit und Tugend. Ich habe Fähigkeiten gezeigt, meinem Vaterlande furchtbar zu werden; ich hoffe, daß mir noch einige übriggeblieben sind, ihm zu nützen.

„Ich weiß, daß ich etwas Unerhörtes begehre. Mein Leben ist verwirkt, mir steht es nicht an, mit der Gerechtigkeit Unterhandlung zu pflegen. Aber ich erscheine nicht in Ketten und Banden vor Ihnen – noch bin ich frei – und meine Furcht hat den kleinsten Anteil an meiner Bitte.

„Es ist Gnade, um was ich flehe. Einen Anspruch auf Gerechtigkeit, wenn ich auch einen hätte, wage ich nicht mehr geltend zu machen. – Doch an etwas darf ich meinen Richter erinnern. Die Zeitrechnung meiner Verbrechen fängt mit dem Urteilspruch an, der mich auf immer um meine Ehre brachte. Wäre mir damals die Billigkeit minder versagt worden, so würde ich jetzt vielleicht keiner Gnade bedürfen.

„Lassen Sie Gnade für Recht ergehen, mein Fürst! Wenn es in Ihrer fürstlichen Macht steht, das Gesetz für mich zu erbitten, so schenken Sie mir das Leben. Es soll Ihrem Dienste von nun an gewidmet sein. Wenn Sie es können, so lassen Sie mich Ihren gnädigsten Willen aus öffentlichen Blättern vernehmen, und ich werde mich auf Ihr fürstliches Wort in der Hauptstadt stellen. Haben Sie es anders mit mir beschlossen, so tue die Gerechtigkeit denn das Ihrige, ich muß das Meinige tun."

Diese Bittschrift blieb ohne Antwort, wie auch eine zwote und dritte, worin der Supplikant um eine Reuterstelle im Dienste des Fürsten bat. Seine Hoffnung zu einem Pardon erlosch gänzlich, er faßte also den Entschluß, aus dem Land zu fliehen und im Dienste des Königs von Preußen als ein braver Soldat zu sterben.

Er entwischte glücklich seiner Bande und trat diese Reise an. Der Weg führte ihn durch eine kleine Landstadt, wo er übernachten wollte.

Kurze Zeit vorher waren durch das ganze Land geschärftere Mandate zu strenger Untersuchung der Reisenden ergangen, weil der Landesherr, ein Reichsfürst, im Kriege Partei genommen hatte. Einen solchen Befehlt hatte auch der Torschreiber dieses Städtchens, der auf einer Bank vor dem Schlage saß, als der Sonnenwirt geritten kam. Der Aufzug dieses Mannes hatte etwas Possierliches und zugleich etwas Schreckliches und Wildes. Der hagre Klepper, den er ritt, und die burleske

Wahl seiner Kleidungsstücke, wobei wahrscheinlich weniger sein Geschmack als die Chronologie seiner Entwendungen zu Rat gezogen war, kontrastierte seltsam genug mit einem Gesicht, worauf so viele wütende Affekte, gleich den verstümmelten Leichen auf einem Walplatz, verbreitet lagen. Der Torschreiber stutzte beim Anblick dieses seltsamen Wanderers. Er war am Schlagbaum grau geworden, und eine vierzigjährige Amtsführung hatte in ihm einen unfehlbaren

Physiognomen aller Landstreicher erzogen. Der Falkenblick dieses Spürers verfehlte auch hier seinen Mann nicht. Er sperrte sogleich das Stadttor und forderte dem Reuter den Paß ab, indem er sich seines Zügels versicherte. Wolf war auf Fälle dieser Art vorbereitet und führte auch wirklich einen Paß bei sich, den er ohnlängst von einem geplünderten Kaufmann erbeutet hatte. Aber dieses einzelne Zeugnis war nicht genug, eine vierzigjährige Observanz umzustoßen und das Orakel am

Schlagbaum zu einem Widerruf zu bewegen. Der Torschreiber glaubte seinen Augen mehr als diesem Papiere, und Wolf war genötigt, ihm nach dem Amtshaus zu folgen.

Der Oberamtmann des Orts untersuchte den Paß und erklärte ihn für richtig. Er war ein starker Anbeter der Neuigkeit und liebte besonders, bei einer Bouteille über die Zeitung zu plaudern. Der Paß sagte ihm, daß der Besitzer geradeswegs aus den feindlichen Ländern käme, wo der Schauplatz des Krieges war. Er hoffte,

Privatnachrichten aus dem Fremden herauszulocken, und schickte einen Sekretär mit dem Paß zurück, ihn auf eine Flasche Wein einzuladen.

Unterdessen hält der Sonnenwirt vor dem Amtshaus; das lächerliche Schauspiel hat den Janhagel des Städtchens scharenweise um ihn her versammelt. Man murmelt sich in die Ohren, deutet wechselweise auf das Roß und den Reuter; der Mutwille des Pöbels steigt endlich bis zu einem lauten Tumult. Unglücklicherweise war das Pferd, worauf jetzt alles mit den Fingern wies, ein geraubtes; er bildet sich ein, das Pferd sei in Steckbriefen beschrieben und erkannt. Die unerwartete Gastfreundlichkeit des Oberamtmanns vollendet seinen Verdacht. Jetzt hält er's für ausgemacht, daß die Betrügerei seines Passes verraten und die Einladung nur die Schlinge sei, ihn lebendig und ohne Widersetzung zu fangen. Böses Gewissen macht ihn zum Dummkopf, er gibt seinem Pferde die Sporen und rennt davon, ohne Antwort zu geben.

Diese plötzliche Flucht ist die Losung zum Aufstand.

„Ein Spitzbube!" ruft alles, und alles stürzt hinter ihm her. Dem Reuter gilt es um Leben und Tod, er hat schon den Vorsprung, seine Verfolger keuchen atemlos nach, er ist seiner Rettung nahe – aber eine schwere Hand drückt unsichtbar gegen ihn, die Uhr seines Schicksals ist abgelaufen, die unerbittliche Nemesis hält ihren Schuldner an. Die Gasse, der er sich anvertraute, endigt in einem Sack, er muß rückwärts gegen seine Verfolger umwenden.

Der Lärm dieser Begebenheit hat unterdessen das ganze Städtchen in Aufruhr gebracht, Haufen sammeln sich zu Haufen, alle Gassen sind gesperrt, ein Heer von Feinden kömmt im Anmarsch gegen ihn her. Er zeigt eine Pistole, das Volk weicht, er will sich mit Macht einen Weg durchs Gedränge bahnen. „Dieser Schuß," ruft er, „soll dem Tollkühnen, der mich halten will" – Die Furcht gebietet eine allgemeine Pause – ein beherzter Schlossergeselle endlich fällt ihm von hinten her in den Arm und faßt den Finger, womit der Rasende eben losdrücken will, und drückt ihn aus dem Gelenke. Die Pistole fällt, der wehrlose Mann wird vom Pferde herabgerissen und im Triumphe nach dem Amthaus zurückgeschleppt.

„Wer seid Ihr?“ frägt der Richter mit ziemlich brutalem Ton.

„Ein Mann, der entschlossen ist, auf keine Frage zu antworten, bis man sie höflicher einrichtet.“

„Wer sind Sie?“

„Für was ich mich ausgab. Ich habe ganz Deutschland durchreist und die Unverschämtheit nirgends als hier zu Hause gefunden.“

„Ihre schnelle Flucht macht Sie sehr verdächtig. Warum flohen Sie?“

„Weil ich's müde war, der Spott Ihres Pöbels zu sein.“

„Sie drohten, Feuer zu geben."

„Meine Pistole war nicht geladen." Man untersuchte das Gewehr, es war keine Kugel darin.

„Warum führen Sie heimliche Waffen bei sich?"

„Weil ich Sachen von Wert bei mir trage, und weil man mich vor einem gewissen Sonnenwirt gewarnt hat, der in diesen Gegenden streifen soll."

„Ihre Antworten beweisen sehr viel für Ihre Dreistigkeit, aber nichts für

Ihre gute Sache. Ich gebe Ihnen Zeit bis morgen, ob Sie mir die Wahrheit entdecken wollen."

„Ich werde bei meiner Aussage bleiben."

„Man führe ihn nach dem Turm."

„Nach dem Turm? – Herr Oberamtmann, ich hoffe, es gibt noch Gerechtigkeit in diesem Lande. Ich werde Genugtuung fordern."

„Ich werde sie Ihnen geben, sobald Sie gerechtfertigt sind."

Den Morgen darauf überlegte der Oberamtmann, der Fremde möchte doch wohl unschuldig sein; die befehlshaberische Sprache würde nichts über seinen Starrsinn vermögen, es wäre vielleicht besser getan, ihm mit Anstand und Mäßigung zu begegnen. Er versammelte die Geschwornen des Orts und ließ den Gefangenen vorführen.

„Verzeihen Sie es der ersten Aufwallung, mein Herr, wenn ich Sie gestern etwas hart anließ.“

„Sehr gern, wenn Sie mich so fassen.“

„Unsre Gesetze sind strenge, und Ihre Begebenheit machte Lärm. Ich kann Sie nicht freigeben, ohne meine Pflicht zu verletzen. Der Schein ist gegen Sie. Ich wünschte, Sie sagten mir etwas, wodurch er widerlegt werden könnte.“

„Wenn ich nun nichts wüßte?“

„So muß ich den Vorfall an die Regierung berichten, und Sie bleiben so lang' in fester Verwahrung.“

„Und dann?“

„Dann laufen Sie Gefahr, als ein Landstreicher über die Grenze gepeitscht zu werden oder, wenn’s gnädig geht, unter die Werber zu fallen.“

Er schwieg einige Minuten und schien einen heftigen Kampf zu kämpfen; dann drehte er sich rasch zu dem Richter.

„Kann ich auf eine Viertelstunde mit Ihnen allein sein?“

Die Geschwornen sahen sich zweideutig an, entfernten sich aber auf einen gebietenden Wink ihres Herrn.

„Nun, was verlangen Sie?“

„Ihr gestriges Betragen, Herr Oberamtmann, hätte mich nimmermehr zu einem Geständnis gebracht, denn ich trotze der Gewalt. Die Bescheidenheit, womit Sie mich heute behandeln, hat mir Vertrauen und Achtung gegen Sie gegeben. Ich glaube, daß Sie ein edler Mann sind.“

„Was haben Sie mir zu sagen?“

„Ich sehe, daß Sie ein edler Mann sind. Ich habe mir längst einen Mann gewünscht wie Sie. Erlauben Sie mir Ihre rechte Hand.“

„Wo will das hinaus?“

„Dieser Kopf ist grau und ehrwürdig. Sie sind lang’ in der Welt gewesen – haben der Leiden wohl viele gehabt – Nicht wahr? und sind menschlicher geworden?“

„Mein Herr – wozu soll das?“

„Sie stehen noch einen Schritt von der Ewigkeit, bald – bald brauchen Sie Barmherzigkeit bei Gott. Sie werden sie Menschen nicht versagen – – Ahnden Sie nichts? Mit wem glauben Sie, daß Sie reden?“

„Was ist das? Sie erschrecken mich.“

„Ahnden Sie noch nicht? – Schreiben Sie es Ihrem Fürsten, wie Sie mich fanden und daß ich selbst aus freier Wahl mein Verräter war – daß *ihm* Gott einmal gnädig sein werde, wie er jetzt mir es sein wird –

bitten Sie für mich, alter Mann, und lassen Sie dann auf Ihren Bericht eine Träne fallen: Ich bin der Sonnenwirt.“